구암출판사 시선집 ⑤

젊은 느티나무의 이상

강경배 시집

구암출판사

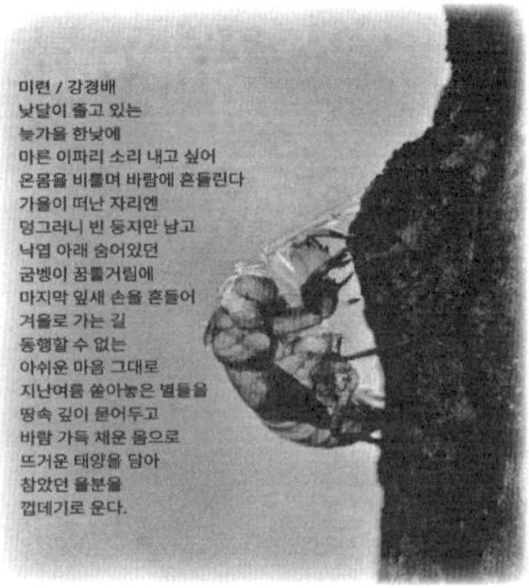

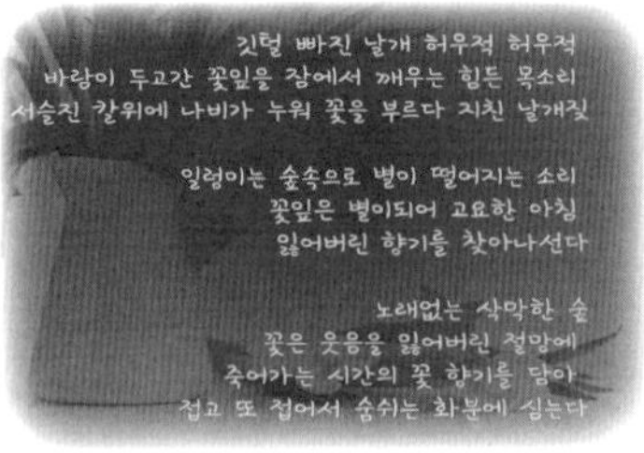

세계문학예술작가협회 시인, 강경배 사진시

발간사

살아가는 동안 목구멍이 포도청이란 말처럼 먹고 살기 바쁘다는 핑계로 책을 읽을 시간마저 미루다 보니 영혼은 거미줄만 가득 채워지고 그 속에 갇혀버린 생각의 날개는 날아가는 흉내만 내고 있을 뿐이었다. 경로 우대증으로 나이를 증명할 수밖에 없는 노인에 불과하다며, 한적한 곳 숲이 우거진 산골에 농막을 지어놓고 상추 고추를 따서 냉수에 밥을 말아 된장 한 가지만 반찬이 되어도 행복한 시간을 보내는 꿈을 만들고 있다고 시인은 겸손하게 말합니다.

문학인으로서 가장 따스했던 기억은 무엇이냐는 질문에, 시인이라는 명함을 내밀기는 부끄럽지만 시를 쓰기를 잘했고 스스로 자부심을 갖는다며 찌든 마음에 위로가 되고 나를 사랑하고 염려해 주는 사람들에게 시인이라는 말로 소개가 되었을 때 더 멋진 글로 보답을 해야겠다는 다짐을 한다고 시인은 소박하게 말합니다.

『깊게 내린 뿌리만큼 하늘을 품고 / 바람 따라 저 멀리 단풍을 보낸다. // 제 몸을 다 내어주고 / 앙상한 뼈를 찬바람에 드러낸 채 / 봄을 기다리는 고목 // 봄여름 가을 그리고 겨울 / 백 년을 한자리에서/ 슬픔과 기쁨, 미움과 사랑을 / 노여움 대신에 칭찬과 격려로 / 믿음과 용기를 키운다 // 바람과 새들에겐 춤추는 무대가 되고 / 나그네에겐 땀을 식히는 그늘이 되어 / 바람의 노래 들으며 단잠에 들었다.』 전문에서 보이듯 시인의 서정적인 마음이 애틋하게 담겨있습니다.

강경배 시인의 첫 시집은 독자들의 입과 입을 통하고, 마음과 마음을 통해, 가슴과 가슴으로 전달되어 모두 다함께 시 노래를 부를 것입니다. 하나의 따옴표와 하나의 쉼표와 하나의 마침표를 나무와 새들이 노래하고, 음표마다 사랑의 꽃이 피어 행복의 단꿈에 젖어들 것입니다. 그리하여 마침내 온 세계인이 하나가 되어, 읽는 도서가 아닌 읽히는 도서가 될 것으로 기대하며, 이에 지극히 추천합니다.

(사)세계문학예술작가협회 회장 임종구

★ 시인의 말 ★

시인!
적어도 시인이라는 명함을 보여 주려면 천권의 책을 읽어야 시를 지을 자격이 있음을 다시 한 번 확인하게 한다. 보고, 듣고, 느끼는 것을 남다르게 글로 표현을 하고, 가슴속에 담긴 이야기를 하나씩 글로 옮기는 일이 결코 쉬운 일이 아니니다. 글로 옮겨서 감동을 줄 수 있다면 누구나 시인이다. 시인이라는 명함에 무슨 자격요건이 필요하겠는가.

가슴 뛰는 이야기가 꿈틀거리고 무지개를 바라보면 잡아보고 싶고 기쁜 일이나 슬픈 일이나 눈물이 나도 모르게 고여 있다면 시인의 자격이 충분하지 않을까. 남자는 세 번의 눈물만 흘려야 된다고 얼핏 기억 속에 남아있다. 그러나 나는 눈물을 많이 흘렸다. 가슴 뜨거운 눈물, 가슴 아픈 눈물, 드라마나 영화 속에 슬픈 장면은 내 눈물의 단골이다.

시인의 눈은. 바람에 흔들리는 나뭇잎에서 춤과 노래를 만들고. 한 송이 꽃을 바라보며 사랑의 향기를 만들고, 이슬 맺힌 풀잎에서 반짝이는 진주를 발견하는 영혼의 울림이 있는 글로 기쁨과 슬픔을 노래하는 사람이 아닐까.

내가 시를 쓰는 이유는 내 영혼을 맑게 하고 싶은 것이다. 그럼에도 아직 만족한 시를 짓지 못하는 것은 마음 한구석 미약한 영혼이 자리 잡고 있기 때문에 큰 울림을 주는 글을 만들지 못하고 있다. 아마 내 영혼이 죽어야 완성되어 시가 살아날지 모르겠다.

살아가는 동안 목구멍이 포도청이란 말처럼 먹고 살기 바쁘다는 핑계로 책을 읽을 시간마저 미루다 보니 영혼은 거미줄만 가득 채워지고 그 속에 갇혀버린 생각의 날개는 날아가는 흉내만 내고 있을 뿐이었다.

시인은 마음이 아파야 한다고, 그 아픔이 시가 되고 노래가 되는 감동의 글, 시 참 어렵다. 그렇게 환갑이 지나서야 조금은 가슴속에 담긴 이야기를 하나씩 글로 옮기다 보니 한 권의 책이 탄생하게 되었다. 시인들의 영혼 맑은 영혼으로 이대로 쭈욱 뇌가 더 녹슬기 전에 기록으로 남기고 싶다. 부족함이 많기에 부끄러운 마음을 숨기고 싶다. 손자 손녀에게 할아버지가 시인이라고 자랑하는 것에 만족하며 이 시집을 만들었다.

가슴속에 담긴 이야기를 끄집어 낼 수 있도록 윤활유 역할이 된 "시처럼 꽃처럼 인생을 그리다 / 구암 문학회"에서의 활동은 시 짓기에 많은 도움이 되었고, 이미래 부회장님의 아끼지 않는 희생과 봉사가 없었다면 나의 영혼이 숨 쉬는 시집은 세상에 얼굴을 내밀지 못했을 것입니다.
다시 한 번 임종구 회장님, 이미래 부회장님 두 분께 거듭 감사의 말씀을 드립니다.
그리고, 함께 응원을 해 주신 문우님
모두에게 감사의 인사를 올립니다.

시인 강경배

굴(窟)이 많은 고향 동네 다도

고향이 다도라고 하면 섬이라 했다. 아마도 진도(珍島) 홍도 등 유명한 섬 동네 섬도(島)자의 이미지 때문일 것이다.
羅州(나주)의 다도를 아십니까?

차茶 길道라는 지명에 대해 우리들은 자부심을 가질 필요가 있다. 다도에는 야생차나무가 많다는 것이 사실이다. 불회사나 운흥사 계곡을 거닐다 보면 주변에 야생차나무가 즐비하게 자생을 하는 군락지를 만날 수 있다. 가을이 되면 짙은 이파리에 숨어 얼굴을 내미는 하얀 꽃을 보면 그 은은한 향이 코끝을 스친다. 바로 그런 다도에 차의 성인 '초의 선사'께서 출가한 곳이 '운흥사'라고 하는 것이 문헌에도 기록되어 있다.

또 하나 유명한 것은 최근 방송에서도 국내 유일한 비자나무숲이 조성되어 있는 곳으로도 방영이 되고 있다. 바다가 있는 섬(島) 동네가 아니라 산으로 둘러싸여 몇 해 전만 해도 오지가 있을 정도로 산골 동네라 할 수 있었다. 오지였던 곰작 굴이 방송의 영향을 받고 유명세를 날리기도 했다. 이런 관광테마가 풍부하게 조성될 수 있는 곳을 하루빨리 나주호와 연계해서 관광지로 개발해서 많은 사람들에게 우리 고향 다도가 유명함을 알려야 한다. 바로 그런 다도(茶道)는 섬이 아닌 산으로 감싸인 동네라 굴이 끝에 붙은 이름이 많다.

죽장에 삿갓을 쓴 도인들이 긴 수염 날리며 굴들의 이름을 짓지는 않았을 것이고, 인공 때 몸을 숨기는 곳으로 지어진 이름이 아니었을까? 피로 얼룩졌을 그곳, 지금은 그 흔적마저 수몰되어 물결만 들락날락하고 있을 뿐이다. 아른거리는 옛 추억이 새록새록 떠오른다. 수몰민이기에 그 추억은 더 가슴을 두근거리게 하는지도 모르겠다.

그런 굴의 흔적이라도 마주하며 가슴 설레는 추억을 소환하려면 하루빨리 둘레길과 출렁다리가 설치되도록 우리들 모두는 관심을 가져야 한다.

독적굴, 토굴 몽탱이, 준적굴, 호봉굴 등 추억의 놀이터 나무 장난감 총소리 빵빵, 나무들이 놀라 알밤이 두두둑 까까머리를 때린다. 우리 동네 남판의 토굴 몽탱이 앞에 방죽은 겨울만 되면 토끼털 귀마개랑 털실로 짠 벙어리장갑을 끼고 누렁코 주렁주렁 매달은 남판 동네 아이들 모두 모여 썰매를 탄다. 박포 떡 육 남매도 어린 여동생만 빼고 다섯 명 모두 썰매를 들고 방죽으로 달려간다. 얼음판 위에 엉덩방아를 찧어도 마냥 좋아라 배고픈 줄도 모르고 서산에 해가 재촉을 해야 신나는 하루가 마무리된다.

어느 날은 넷째 동생이 그만 얼음이 깨져서 빠지고 말았다. 간신히 형제들이 손을 잡아 밖으로 나왔다. 겁에 질린 동생보다 젖은 옷을 빨리 말려야겠다는 생각을 왜 했는지 모르겠다. 지금 생각하니 미안하기도 하고 살짝 웃음이 나오기까지 한다. 어쨌든 살아나왔으니 그전 상황은 모두 지우고 엄니한테 젖은 옷 입고 다닌다고 혼난다는 것을 먼저 생각했을 것이다. 그런저런 고향의 추억을 멋지게 조성된 둘레길을 돌면서 이야기하며 고향 잃은 설움을 달래는 시간이 빨리 오기를 기다려 본다.

태양광발전 설치를 반대했던 것은 바로 이런 이유가 있었던 것입니다. 자손 대대로 물려줄 우리 청정지역 다도를 꼭 지켜야 합니다.

(사)세계문학예술작가협회 문예지
[세계문학예술]통권5호에서

1부 내 인생에 봄이 오면

2부 사랑의 향기를 담아

3부 젊은 느티나무의 이상

4부 시인이라는 이름으로

1부 내 인생에 봄이 오면

영원한 휴식을 위해
살아온 자국마다
별처럼 꽃처럼 수놓은 몸과 마음
하얀 눈 위에 뒹굴며

들풀

이름 없는 풀이라도
살며시 꽃은 피어
바람과 함께
살랑살랑 춤을 춘다

아침이슬에 미끄러지듯
내려오는 햇살 아래
꽃을 피우지 못한
풀이 어디 있으랴

더 낮은 자세로 향기를 모아
뽐내지 아니하고
다소곳이 고개 숙인
수많은 꽃들의 겸손으로
수놓은 뜨락

사랑의 열매 가슴에 품고
천리만리 꽃을 찾아 날아가며
꽃을 따도 상처 주지 않는
벌 나비처럼
꽃처럼 바람처럼 살라 하네.

유리잔

바닷가 모래를 녹여낸
용광로에서 피어난 꽃처럼
사랑의 열기 가득 안고
타오르는 뜨거운 향기

불덩이 입에 물고
한 점 허공으로 내뱉어
하늘을 찢는 함성 가득
별이 부서지는 바람을 일으켜
꽃별 우수수 푸른 하늘의
보물 같은 회오리 담은 맑은 유리잔

부서질까 깨뜨릴까 두려움에
꿈 한 줌 바람 한 줌
채우고 채운 빈 잔에
반을 채우지 못해서
넘칠 수 없는 바람만 가득

가슴에 품은 꿈
밑 빠진 항아리 꿈이 되어
허풍 껍데기로 쭉정이
바람에 날아올라
빈 그릇만 두들기는 철없는 나이
또 봄을 기다리며 벼랑 끝에 흔들린다.

꽃구경

벚꽃 흩날리는 봄날
밤새 쏟아진 별들
눈부신 햇살에 숨어
사월의 봄 수줍게
꽃잎에 하나 둘 수놓고

별은 잠들어 달빛 황홀한 밤
벗어 놓은 분홍치마
속 살 고운 몸 부끄러워
벚나무 꽃으로 감추고
가만히 꽃 가슴 열어
마음을 울렁이게 합니다

벌 나비 유혹하는 향기에
정지해버린 춤사위
꽃잎은 하나둘 바람과 외도로
구름 따라 흘러 흘러
늙은 벚나무가 한숨을 토해냅니다

뿌리 깊은 곳에서 나오는 향기로
하늘과 구름은 넋을 잃고
오늘의 화려함 내일을 기약할 수 없어
둘이 함께 손잡고 꽃구경하는 날
꽃 천사들의 춤을
멍하니 바라보시는 어머니.

빈자리

마음을 비워야
좋은 생각이 넘치고
웃음 꽃 피어오른
선한 얼굴에 여유는
사랑과 배려로
따스한 마음의 문 열려 있으니

빈 마음 채우려
애쓰지 않아도
신나는 발걸음
콧노래 흥얼흥얼

욕망의 껍데기 가득한
찌그러진 마음 그릇엔
꽃을 피우는 여유도 없이
빈 공간이 사라진
어두운 마음으로

하늘 끝에 방황하는
바람과 친구 되어
노을 끝에 와서야 쉼터를 찾는
비로소 빈 마음자리가 보인다.

그래도 봄

달무리 고운 밤
눈썹 휘날리며
많이 아팠던 삼월의 봄

광장에 일렁이던
촛불의 함성으로

밤하늘의 별과 달이
하늘 길을 열어

사월의 봄을 재촉하며
진달래꽃 한 아름
재 너머 산길에 뿌렸다.

비에 젖은 호수

빗방울에 젖지 않는 호수 위에
주둥이만 벙긋거리는 붕어처럼
흔적도 남기지 않고
이리저리 바람을 잡으러
물 위를 뛰어다니는 소금쟁이처럼

가식의 옷을 입은 철새들이
세금 도둑의 둥지를 틀기 위해
궁민(窮民)을 배가 고프지 않게 하겠다고
국민(國民)의 입이 되어
국가를 위해 몸을 바치겠다고
표밭에 엎드려 절할 때는
때 묻은 손도 잡아당겨 악수를 청하지만

변신한 철새는 여의도 호수에 앉으면
입 큰 붕어들의 유혹으로
미꾸라지랑 매기랑 피라미랑
궁민(窮民)을 위해 매운탕 거리로 맛있는
살만 찌우는 물에 젖지 않는 백조들

약속은 소금쟁이 등에 업혀 떠다니고
낚싯바늘에 매달려
석양을 향해 울부짖는 붕어는
마이크 한 번 잡지 못하고
사(死)년 동안 비에 젖지 않는
타락의 천국에 있었다고 족보에 올리겠지.

그날의 울력

푸른 옷 벗어던진 민둥산에서
비가 내리던 날엔 걸쭉한 황토물이
새로운 길을 내며 강물을 찾아 달려간
비가 갠 땅 위에 얼굴 내미는 돌부리만
초라한 모습으로 땅을 붙들고

막대기만 꽂아도 움트는 그날
힘없이 한줌 움켜쥐고 있던 풀뿌리는
하얀 벌거숭이가 되어
황톳물에 눈물을 감춘다

긴 뿌리로 산을 부둥켜안고 있어야 할
한그루 나무는 허기진 배를 채우기 위해
입만 벌리고 있는 아궁이에서 불춤을 추며
검은 한숨을 태우던 날
환한 달빛에 잠들지 못한 무덤이 열려
산이 울고 나무가 울고

백 년도 살기 힘든 너와 나
도끼 한 자루와 잔인한 공범이 되어
온산을 뿌리까지 파내어
아궁이의 배를 채워 줬으니
푸른 옷마저 입을 수가 없는 산마을마다
나무 그림자 사라진다는
자연의 울부짖음을 무시했구나.

눈물

거센 풍랑을 가슴에 담아
돛대 없는 배를 띄워
인생의 강을 따라 흘러 흘러
검은 파도 일렁이는 눈물바다에
하얀 국화 송이를 바친다

한줌 재가 되어
바다에 누워버린 그날
가슴을 쥐어짜는 설움을 참으려다
노을 속에 날아가는
기러기 울음소리에
뜨거운 눈물로 바다가 출렁출렁

쏟아버린 눈물로 텅 빈 가슴 속엔
이슬에 젖은 별이 가득 담기고
침묵 속에 잠든 영혼의 메아리
바람에 실려 안개꽃 위에 누웠다

어둠에 갇혔던 슬픔은
찬바람이 일고
못다 한 사랑의 아픔은
뜨겁게 남아
달빛에 스며드는 여린 마음
꽃이 되어 별이 되어 등대 높이
어둠의 강을 건너간다.

도둑맞은 봄

총성 없는 전쟁터 나비 한 마리
꽃불에 몸을 던져
하얀 재로 분해가 되어버린 슬픔에
봄날의 통곡마저 바람에 숨었다

만장이 펄럭이는 꽃길 따라
분분이 뿌려지는 눈물은
오던 길 돌아갈 수 없는
꽃 무덤에 서럽게 잠든
꽃과 나비의 영혼을 위로하고

두 손 맞잡고 춤추던 나비여
바람에 싣고 사라진 봄을 찾아서
하늘을 날아가자
두고 온 꽃 마음 가슴에 담아
산 너울 달려온 아지랑이 등에 업고
잃어버린 봄날의 안부를 묻는다

언 땅을 뚫고 나오는 자연의 힘을
피멍 든 새싹의 고통을
외면한 서운함 이었구나
꽃이여 봄이여 어디로 갔느냐.

바람의 날개

바람이 멈춘 하늘
시간이 흐른다는 것은
바람이 불고 풍경이 변하고
마른 가지 우는소리에
구름이 몰려와 빈 둥지를 채우고

북서쪽에서 구름이 몰려 와
새로운 바람을 타고
날갯죽지에 바람 가득 품어
언제나 마지막인 것처럼
비장한 각오로 사냥을 위한
불길 뿜어내는 눈매로 허공을 가른다

바람이 안개를 걷어갈 즈음
천지가 긴장하며 숨을 죽이고
바람 속에 칼을 휘저어
숨이 남아있는데
살점을 뜯어먹는 잔인함도
명예를 위한 것도 아닌
오직 살기 위한 것

태풍이 들기 전
고요가 잠재운 둥지에서
평화를 누리는 새끼 보라매를
둥지 밖으로 불러내는 사랑의 몸부림.

성급한 사월

하늘에 구름마저
침묵으로 지그시 눈을 감고
스치듯 외면하는 바람 앞에
꽃잎 파르르 얼굴을 숨기는
꽃 먼저 피어난 사월

성급한 봄바람에
꽃 가슴 열어버린 연분홍 진달래
뒤질세라 울타리 넘어온
노오란 개나리 병아리한테 쫓기고

복사꽃 불그레한 얼굴
꽃바람에 넋을 잃은 나비 따라
봄 마중 나온 사월
하늘연못 두둥실 안개 옷 걸쳐두고
몸을 씻는 하얀 목련

일렁이는 꽃물결에 춤추는 설렘으로
가슴 타는 하얀 속살처럼
뜨거운 신음소리
바람에 춤을 춘다.

제주의 동백꽃

바람만 불어도
흔들리는 유채꽃
눈시울 뜨거운
제주의 사월

이념을 넘어
통일을 넘어
빨갱이의 덫을 씌워
청 보릿대 쓰러지듯
개죽음당한 민초들의 그 원혼

동백꽃 핏빛으로 찾아와
향기마저 숨기고
돌담 대신 집을 지킨 세월
칠십 년이 넘었다

진실의 꽃으로
정의에 함성으로
당신의 가슴에 흐르는 피만큼
땅을 뚫는 들풀의 힘으로
태극기 휘날리는 사월

하얀 목련

뜰 안 곱게 앉아 있는
풀꽃에 맺힌 아침이슬
안개 자락 온몸으로 감싸다 지친
외로운 목련의 눈물이련가

햇살을 기다리다
지쳐버린 꽃망울
가슴을 풀어헤친 민들레처럼
꽃에 함성을 날리고 싶은데
눈을 감고 마음까지 닫혀버린
날마다 회색 하늘

색 바랜 꽃잎의 미소
해 그림자를 만날 수 없어
부끄러운 속살을 숨길 곳은
안개 바람뿐이네.

오늘도 살아 있다면

길을 걷다가
꽃들의 미소를 만나 보셨나요

숲을 지나며
바람소리 새소리를 들어 보셨나요

마른 가지에 싹트는 소리를
눈으로 만나 보셨나요

산위에 올라
안개구름을 몸에 감아 보셨나요

창문 열면 봄이 보이건 만
꽃향기 바람에 실려 오기만 기다려 봅니다

연분홍 진달래 개나리 유혹하는
나비들의 노래는
감사할 줄 몰랐던 일상의 외침 이었네요

아무도 관심 주지 않는 풀숲에서
고개 내미는 보랏빛 제비꽃을 만났네요

물오른 마른 가지가 흔들리는 곳에
바람이 손을 내밀어 꽃들을 깨우고 있네요

시간의 덫에 걸려 마음까지 갇혀있던 삶은
자연의 소리보다 먼지 속에 신음하는
신호등의 울림만이 발길을 재촉하고 있네요

눈도 코도 귀도 없는 보이지 않는 괴물이
지구별을 공격 개시한 전쟁 중이라
고개를 숙이고 겸손하라고

술잔에서 손을 놓고 공격을 피하라는
긴급재난문자가 외치고 있네요

눈을 크게 뜨고 귀를 크게 열라고
입은 닫고 마음의 문을 활짝 열라고 합니다.

말 없는 봄 봄

봄 향기 찾아가는 벅찬 기다림에
소리 없이 내려온 봄 햇살
언 땅에 숨어있는 달래 냉이 씀바귀
긴 잠에서 깨어나
따스한 미소를 짓는다

모락모락 굴뚝 연기
보릿국 향기 창문을 열고
별이 되어 밤을 노래하다 지친
울 밑에 숨어있던 개나리 방긋

봄을 훔쳐 온 바구니 가득
겁에 질린 봄나물
발밑에서 신음하던 제비꽃 민들레 꽃
달콤한 이슬에 눈물을 감추고

뿌리째 뽑아 먹는 잔인한 사람들 밥상에
향기가득 접시에 채워주고
노란 싹은 남겨두고
허기진 배를 채우는 꽃사슴
시계풀의 똑딱 소리에 쫓기는 토끼 앞세워
맛있는 봄노래 바람에 싣는다.

맛있는 꽃

봄 마중 먼저 달려온 매화 동산
미소 짓는 꽃향기 유혹에
나비들의 춤으로
달콤한 사랑의 열매 열리면

연분홍 고운 뒷산 진달래
치마폭에 봄 향기 감추고
꽃바람에 살랑살랑
담장 위에 다소곳이
햇살을 담는다

아지랑이 힘없이
봄바람 쉬어가는
언덕에서 춤을 추고
엄니의 성화에
담박질도 참아야 했던
청 보리 토실토실 익어가는 춘궁기

행복한 가난은
밥그릇에 나누어 담고
꽃동산에 뛰어놀다가
바가지 가득 따온
맛있는 꽃잎으로
허기진 배를 달래고
손목에 찬 꽃시계는 소리 없이
지친 하루를 토닥인다.

그리고 봄

별이 잠든 하늘
달빛마저 구름에 시달리다가
어둠에 묻혀 길을 찾는 밤
길이 없는 곳에 길을 만들며
등대 없는 어둠을 뚫고

소금기 머금은 아침 해를 품고 있는
길을 막아선 안개 젖은 새벽
멈춰진 시간을 토해내는
희미한 가로등 불빛 아래
눈먼 나비 한 마리
휘젓는 날갯짓에 바람이 흔들린다

꽃나비 봄노래는 들려오지 않고
소리 없는 전쟁의 소용돌이는
뒤틀린 지구 궤도를 숨기지 못한 공포에
푸른 달빛 콘크리트 숲을 흔드는
섬뜩한 마녀의 비명처럼 코로나19는
잔인한 미소로 날선 피를 핥는다

빛을 잃고 떠오른 아침으로
낮과 밤의 경계는 흐려지고 잠 못 이루던
거부할 수 없는 두려움에
숨소리 빼앗긴 봄 향기 차갑게 외면하는
발길 사라진 광화문 사거리

보도블록 들썩들썩 가슴으로 외치는
"힘내라 대한민국"

걸개만 신이 나서
북 치고 장구 치는 봄날
청계천변에 왜가리는
피라미 사냥에 발가락을 미끼로 삼는다

달빛 숨어 들어온 종로 뒤 골목
굶주린 뱃살이 등 쪽에 달라붙은
박스 할머니의 유모차에
질긴 목숨을 원망하는 한숨을 싣고
잃어버린 봄을 찾아서
차도를 가로질러 달린다.

연민(憐憫)의 끝

사랑하나에 혼을 맡긴
말 없는 노예가 되어
마음 깊은 곳에 갇혀버린
그리워도 보고 싶어도
달려갈 수 없는 바보 같은 사랑

사랑한다는 말 한마디에
그리움은 가슴에 담아 두고
보이지 않는 것조차 보인다고
아픈 마음에 웃음을 잃어도
잠 못 이루는 밤을 홀로 지새운
어둠만이 기다림을 지켜줄 뿐

잔인한 질투에도 사랑은 깊어만 가고
마른 눈물을 삼키며 울어야 하니
사랑에 눈이 멀고 말았네
그리움에 타는 가슴 뜨거워지면
연민의 불을 어떻게 꺼야 할까

내일로 미뤄둔 사랑은 사랑이 아니리
하루에도 열두 번 생각나네
운명이 되어버린 만남
꽃바람에 실려 오면
무거운 짐 모두 벗어버리고
맨발로 마중 가리라.

목련의 유혹

봄 햇살 긴 그림자
바람에 숨어
나뭇가지 흔드는
하얀 목련의 노래
마른 눈물 꽃 속에 감추고

시간이 내려오는 길목마다
따스한 목련의 향이 가득
한 점 획을 그리는 하늘엔
하얀 유혹 넘실넘실
구름도 숨을 멈추었나 봐

쪽빛 하늘 끝이 없는 날
속살을 내민 요염한 미소
나그네 발길을 붙들어
한 잔 두 잔 마음을 풀어
목련 곱게 옷을 벗는다

소리 없는 전쟁의 소용돌이에
못다 핀 하얀 목련 입술을 깨물고
두려움에 쓰러진 순결한 꽃무덤
나팔소리 울리며
봄이 오는 찬란한 합성!

2020년의 봄

봄여름 가을 겨울 그리고
봄이 왔건만 꽃은 향기를 잃고
춤추던 나비는 검은 바람에 쓰러져
햇살 아래 헐떡이는 신음소리에
침묵으로 마음까지 닫혀버린
공포와 두려움에 꽃 가슴 아픈 봄소식

움트는 새싹의 환희
죽음의 덫을 뚫는 힘으로
작은 바람 끝에 숨어있는 기도는
맥박 소리 뜨거운 너와 내가 함께라면
마법의 꽃을 피우는 나비를 불러와
달콤한 침묵으로 미소를 찾는
코로나의 공포가 사라진 햇살고운 봄
목련꽃 화사한 웃음으로 피어나리라.

민들레

오던 길 돌아보니
가진 것 없는 가난에도
화롯가에서 효와 사랑을
오손 도손 구워냈다

언덕 너머 무지개다리
쫓아가던 시절은
구름장에 남겨놓은
치부장의 기억처럼
흩어진 바람 따라 가버린

꿈이여 사랑이여!
흔적 없이 사라진 마음에 상처로
민들레 홀씨 되어 봄날을 기다리며
마른 들판에 안개를 이불 삼아

꿈속에서도 연을 날리던
아름다운 추억은
설렘마저 하얗게 꽃이 되어
날아오르지 않는 나비를 기다린다.

아침이슬

아침햇살 기다리던
어둠 속에 피어난 장미는
한줄기 빛을 따라
잔인하게 짙은 붉은 꽃잎을 열어

소리 없는 아우성보다 더 빨리
빛보다 먼저 움직이듯
어둠을 휘저어
막혀있는 길을 향해 달려간다

검은 시간은
흐느끼던 가슴에 꽃을 안겨주고
향기 잃은 입술 대신 손을 들어
말 없는 미소 남기고 빛 속에 숨는다

하얀 안개마저 길을 잃어
잠자던 바람을 일으키더니
안개 자락 온몸으로
어둠에 지친 장미에
이슬 되어 달콤한 아침을 맞는다

봄 봄

봄바람 사뿐사뿐
버들강아지 꼬리를 흔들고
햇살 고운 미소로
코로나의 공포를 위로하며

얼어있던 가지에 봄꽃 대신
따스한 솜털 옷으로
온몸을 감싸주는 봄날 아침

땅을 뚫는 새 풀처럼
아픔을 이겨내는 당신에게
봄날을 듬뿍 선사합니다

봉사와 희생으로
생명의 꽃을 피우시는 천사들
감동의 눈물을 함께
봄 햇살에 실어 보냅니다

봄 산을 오르며

나이를 차곡차곡
등에 짊어지고
고개고개 넘어
가쁜 숨을 내려놓으며
나이가 무겁다는 것이야

그림자마저 힘겹게
허리를 굽히고
파릇한 싹이
얼굴을 내미는 햇살 아래
터벅터벅 산길을 따라
헉헉 숨을 뿜으며 오른다

활 활 타오르던
젊음이 어제만 같은데
불꽃 튀며 살던
경쟁의 시간이 지나고
노을빛 따라 가버린 오늘마저
어둠 속에 묻히고 말았네

산 아래 꿈틀대는 안개 속에
도시의 먼지는
산을 향해 손을 내밀어도
힘없는 바람 솔솔

구름 속에 숨는 산 너울
두려운 시간 숨기며

곱게 마감하는 붉은 노을 아래
언 땅을 열고 있는
새싹의 힘처럼 일어서라

인생은 육십부터라 하지 않던가!

내 인생에 봄이 오면

봄여름 가을 겨울
내 인생 가을에 와서야
비로소 보이는 것들이 많구나
봄날이던 그때 그 시절 아련한 추억

누렁 코 훌쩍훌쩍
철없이 즐겁던 때는
봄인 줄 몰랐고
가슴 뜨겁던 여름날의 청춘은
다시 올 수 없는데

가끔 꿈속에 멈춰 뒤척이는 밤엔
밤하늘의 별과 친구 되어
꽃 한 송이 안겨주고
젊은 날의 시간을 구걸 하는구나

흰머리 주름살로
잃어버린 시간 남기며
가을 색 곱게 온몸을 감싸고

슬퍼지는 육신 함께
넓어진 마음 여유로운 척
바람 앞에 흔들리는
한 잎 단풍으로 인생을 붙들고
시간을 붙들고

영원한 휴식을 위해
살아온 자국마다
별처럼 꽃처럼 수놓은 몸과 마음

하얀 눈 위에 뒹굴며
꿈에서 깨어나
감사와 사랑으로
별을 헤며 막을 내리리라.

2부 사랑의 향기를 담아

수줍은 얼굴
꽃 속에 살며시 내밀어
잘록한 허리춤에 손을 바치고
장미꽃 편지지에
향기 가득 담아온 소식

희망의 길

쓰디쓴 침묵으로
일관하는 어둠 속에서
바람이 내뱉는 한숨 소리가
귓가에 맴돈다

잊는다고
잊어버리겠다고
수없이 다짐하였건만
다시금 떠오르는 지난날의 기억들
자신을 위로하고자 애써 다독이니
가시에 찔린 듯 목젖이 따끔거린다

나지막이 흔들리는 사나이 가슴에
부질없이 자리를 잡던 욕망의 잔재를
한 겹 한 겹 벗겨내어 하늘가로 띄우니
할아버지의 난닝구처럼 헐렁해진 마음이
새털구름을 따라 둥실 떠오른다

바람의 노랫소리에 귀 기울이는
내 영혼아
강산을 수없이 넘고 넘어온
이순의 세월 앞에서
새로운 희망의 길을 걸으며
시처럼 꽃처럼 인생을 살아가자꾸나.

숲속의 바다

잠에서 깨어난 숲속에서
바람 홀로 이파리를 건들면
선잠 깬 새들이 안개를 타고

새소리 바람소리 물소리와
마른 이파리들의 부스럭부스럭
장난치는 소리에 오솔길을 걷는다

산 아래 아우성치는 차바퀴 소리는
숲에 안기고 싶은 간절함의 외침에
산을 움켜쥐고 있는 나무들은
낯선 햇살의 출입을 막아놓고

잠자는 공주를 위하여
고요한 숲속의 바다 깊은 곳에
흔들리는 잎으로 가슴을 덮는다.

숲속의 바다 2

산 정상에서 올려다 본 바다에는
수많은 조각배들이
선장의 명령을 기다리고 있다

지난가을 난파선이 된 나뭇가지 하나
하얀 상처 난 구멍으로 하늘을 본다

무지개 쉬어가는 골짜기에
돛을 내린 바람 한 줌
딱따구리배의 고동소리
정상을 향한 숨 가쁜 위로에
또다시 오르고 또 오르는 항해를 하고

숲속의 모든 생물들이 어깨동무할 때
헤엄치는 고기떼가 펄럭펄럭
꾀꼬리 노랫가락에 노를 젓는다.

8월의 눈물

어머니
어머니
어찌 이리 허망하게 가시옵니까
그토록 손주들을 좋아하셨는데
퍼렇게 풀 물든 손으로
곱게 잡아 주시던 사랑의 끈을
이렇게 쉽게 놓으시다니요

불효한 자식을 위한 끝없는 사랑
사과나무에 주렁주렁 남겨 놓으시고
영원한 임의 품을 찾아
나비 되어 훨훨 날아가시니
하늘 문을 열리는 소리에
하염없이 눈물이 솟구칩니다.

어머니의 땀방울로 피어난 메밀꽃 밭에
벗어놓은 하얀 적삼으로 눈물 훔치는
주인 잃은 호미 자루처럼 저 홀로 외롭습니다.

땅 위에 남겨진 꽃들은
어머니 가시는 길
발아래 엎드려 한잎 두잎
영원한 꿈나라 징검다리로 놓아드리겠습니다.
어머니 부디 안녕히 가세요.

장미와 가시

몸이 싹둑 잘려도
화사한 미소 뒤에
가시를 감춘 꽃이 되어

꽃집에 아가씨는
가시를 잘라
향기로 팔고

화가는
가시를 숨긴
그림으로 그리고

시인은
가시에 찔린 아픔을
글로 그린다.

사랑의 향기

넝쿨장미 담을 넘어 얼굴 내민
꽃을 보듬은 사진 한 장
벚꽃처럼 환하게 웃던
단발머리 그 소녀가 보고 싶다

좋아한다는 말 대신
두근거리던 마음
하얀 교복 속에 감추고

수줍은 얼굴
꽃 속에 살며시 내밀어
잘록한 허리춤에 손을 바치고
장미꽃 편지지에
향기 가득 담아온 소식

꿈 많은 여고시절
꽃마다 방긋 나비의 유혹에 바쁜 시절
문학 소년의 설렘을 외면하더니
장미꽃 넝쿨 함께 하늘 타고 가버린
사랑의 아픔이여

장미꽃 한 송이 대신
꽃 편지의 추억
변하지 않는 꽃보다 더 향기로운
그리운 사랑의 향기.

중년의 시간

덧없이 사라져간 청춘은
돌아올 수 없는 다리를 건너
흘러 흘러 바다로 향하고
꿈은 조각조각 흩어져
떠도는 흰 구름처럼
황혼을 맞이하는 시간

나에게 온 선물도 챙기지 못한
무심한 세월 속에 무거워진 나이
밤새 무거운 몽상의 시달림에
늘어난 주름살의 시름에 젖어
내쉬는 가쁜 숨 벽을 울린다.

화사한 봄날은 가고
빛바랜 사진에 위로를 삼는 인생
고독한 삶은 비탈길을 달리고
벼랑 끝에 매달려 마지막 힘을 모은다

당랑거철(螳螂拒轍)

시간을 거꾸로 돌려놓고
노을에 멈춰진 시간을 흔들어
꿈틀대는 기억의 수레바퀴를 돌린다

무겁게 휜 나이를 싣고
지나간 젊음을 싣고
고독과 외로움의 껍데기를 싣고
정렬된 끈으로 묶는다

낙타가 바늘구멍을 지나듯
도끼를 갈아 침을 만들듯
오르지 못할 나무 쳐다보지만

흐림 뒤에 맑음을 되새기며
마지막 일념으로 한 송이 꽃을 피우리라.

당랑거철(螳螂拒轍) 2

수레에 탄 사마귀가
발톱 하나로 인간을 공격하는
곤충 돈키호테가 되어
길을 막아서고 있다

풍차와 싸우던
돈키호테보다 더 용감하게
창도 방패도 없이
인간에게 덤빈다

보이지 않는 바이러스가
일 년 이상 괴롭히다 보니
작은 곤충까지 인간을
얕보고 있는 것이 틀림없다

지구촌 어디선가는 이미
곤충들이 들판의 곡식을
순식간에 삼켜버리기도 했다지

길을 막고 달려드는 행동이
예사로운 일이 아니다
맨몸으로 전쟁을 선포하는 것인가?

인생

우리네 인생은 잡초보다 행복하다

우리 엄니 비서실장

우리 엄니 비서실장은
양복을 입고 다닐 필요도 없고
평생 기한 없는 보장직으로
마을회관 행차에도 졸졸 따라간다

전투준비를 기다리는 밭에
풀과의 전쟁터에도 앞장서고
연락 신호가 감지되면
90도 굽힌 인사로 엄니를 모신다

소피 볼 때는 잠시 자리를 피해
휑한 거실 천장에 파리를 쫓고
혼자서 식사를 해결한다

비서실장이 가끔 졸도를 해서
엄니 속을 태우지만
아들과 며느리 손자 딸
사위까지 긴급 출동하여
풀과의 전쟁을 마무리하네

술 마시는 시

시가 술이 되어 술술 넘어간다
시가 비틀비틀
그림자를 밟으며 걸어간다
시가 지렁이 되어
뜨거운 아스팔트에 피를 토한다

술이 시가 되어
어두운 마음을 취하게 한다
그림자가 시가 되어
텅 빈 영혼을 달래며 춤을 춘다
피를 토한 지렁이가 시가 되어
꾸불꾸불 백지를 채운다

웃음보다 슬픈 노래를 하고
아픈 사랑의 위로를 하고
그리움 가득 달그림자와 동행하고
우산도 없이 비를 맞는 쓸쓸한 시

마음이 가벼워야 하고
지갑이 비어 있어야 하고
술잔도 비워야 시를 채운당께

우리 엄니 놀이터

우리 엄니 놀이터는
풀 비린내 진동하는 채소밭
뙤약볕에 그을린 얼굴로
태양과 싸우고
손금마저 지워져 가네

호미 자루 하나로
온종일 풀과 씨름하여도
해가 지면 가녀린 채소들은
고라니와 멧돼지의 먹이가 되지

엄니의 놀이터는 망연자실(茫然自失)
무심한 하늘에 대고 작대기만 휘이휘이

고추 상추 오이 호박
무 배추 들깨 콩 옥수수
평생을 일궈 오신 농사

거친 숨소리까지 거름이 되어
없는 것 빼고 다 있는 우리 엄니 놀이터
자식들 주고 싶은 마음 한마음이네

우리 엄니 놀이터2

동네 아짐들 놀이터가 문이 닫혀
아들 며느리 손자 자랑을 못하시고
동판떡도 판촌떡도 우리 엄니 박포떡도
내쳐두고 풀밭으로 뛰어간다.

코로나19로 마을회관 출입이 막혀
심심해서 소금 한 줌 들고
밭으로 가는 우리 엄니
풀이라도 만져야 위로가 된다 하네

서산에 노을이 밤을 재촉을 해도
호박넝쿨을 뒤집으며 애호박을 찾더니
아버지랑 심어놓은 감나무 그늘에 앉았네

곱게 피어난 상사화를 바라보며
"꽃을 좋아해서 심어놓고 가셨어도
해마다 그 자리에서 얼굴을 보여주는구나"
그렇게 그리움을 키우시는 우리 엄니

개나리 수국 함박꽃은 엄니를 유혹하고
보랏빛 감자꽃 토실토실 강낭콩 주렁주렁
자식들의 먹는 모습이 엄니의 땀으로 영글었네

효부상 타신 우리 엄니
해마다 홍시가 열릴 때면
엄니에 대한 생각이 깊어갑니다.

장맛비

삿대 없는 나룻배 위에
벌거벗은 그림자
어둠을 부둥켜안고
몸부림치는 여름밤

비에 젖은 가로등 아래로
달려가는 바람의 소리
비릿한 밤꽃 향에 실려 오네

골목길에 세워 놓은 자동차
성난 강물을 타고 넘실넘실
빗물이 부른 산이 내려와
어둠의 물결로 파도친다

유월의 밤

붉은 노을 따라
산마루에 걸터앉은 오늘
비에 젖은 둥지에
울다 지친 어린 소쩍새는
배가 고픈 것인가
어둠이 두려워서 우는 것인가
질펀한 밤꽃 향에 취한
혼미한 고독으로 유월에 죽은
연옥 영혼을 달래려는 것인가

소쩍소쩍 구슬피 우는
낮과 밤의 경계가 지워진 들녘에서
들려오는 개구리 합창소리

자갈 굴러가는 장단처럼
엉망진창 화음에도
이슬비 내려와 여름밤을 붙들고
흥건히 젖은 가로등 불빛 사이로
상실한 이야기들
빗줄기를 타고 내려오는 밤

벌써 닭 홰치는 소리에
새로운 오늘이 달려온다.

청계천

북악산 이무기가
천년의 꿈을 포기하고
인왕산 호랑이가 갈증을 채우고
남산에 까치가 날개를 씻던 실개천
물소리 바람소리 길을 잃었네

빗물 똥물이 여기에 모여
동쪽으로 흐르다가
왕십리 밖 살곶이 다리 지나
한강으로 가던 청계천
말보다 주먹이 더 센 그 시절
오월의 군홧발에
콘크리트 복개천으로 공사하였네

세운상가 뒷골목에
요상한 물건들이 발길을 멈추게 했고
하늘로 올라가 빛을 잃은 실개천 따라
서울의 검은 쓰레기들이 모두 모여
쥐들의 왕국이던 그곳

곡괭이 삽 대신 불도저로
4대강 대운하까지 연결하려는
꿈에 발상지라고
복개된 도로를 열어
고가다리를 잘라내서 개울을 만드니

인동초 꽃 넝쿨 벽을 타고
인공천에 잉어 송사리 떼 수초 대신
서울의 소독된 이끼를 먹는다.

그리움

소쩍새가 별을 쪼아대는
새벽이 열리고
잠자던 이슬 기지개 켤 때

밤새 정분을 나누던
하얀 밤꽃은
부끄러운 얼굴을 숨기고

마른 입술 적셔주는
안개 숲에 안겨
꿈속을 헤메네

박제가 된 그리움은
밤새도록 소리 없는 외침
풀잎에 맺힌 아침이슬로
눈물 훔치네.

상사화

갈래 갈래 흩어진 꽃잎으로
죽는 날까지 그대와 난
이뤄질 수 없는 사랑인 것을

사랑에 눈이 멀어 있을 때는
꽃잎 지는 슬픔에도
손수건을 내밀더니

외롭게 부서진
꽃잎을 밟은 이파리처럼
현실의 고통을
철저하게 외면할 뿐이네

향기 없는 꽃이라도
마음으로 가슴으로 주고받으면
사랑인 줄 알았는데
슬픔에도 기쁨에도 눈물이 없다면
진정한 사랑이 아니었겠지

화사한 얼굴 내밀던 유혹
삶의 전쟁에서 진정한 속내가 보이니
노을 지는 언덕을 바라보면서
꽃 무지개 살며시 피우련다.

COVID 19

하늘과 땅 사이에
보이지 않는 검은 그림자
큰 바위에 누워
울부짖는 산울림으로
허공을 할퀸다.

수컷은 꼬리를 감추고
숲의 정적을 깨운다

광란의 정사
머리부터 삼키는
사마귀의 잔인한 쾌감

영혼을 어루만지는
바람을 외면하며
영원히 잠들게 하는
총성 없는 4차원 전쟁터

당랑(螳螂)의 발톱보다
더 빠르게 숨을 멈추게 하는 너는
유전자도 삼켜버린 COVID 19
코로나 바이러스.

뿌리

수 억 년을 다리가 없어도
하늘로 오르려는 꿈 하나로
신의 영역까지 넘나들며
자유로운 몸뚱이로
물 위의 달을 품었다

숲속의 정령들 모두
긴장과 공포로 제압하는 그날
부서져 내려오는 햇살에
고요가 깨지는 순간
벌떡이는 힘으로 하늘에 올라
드론의 눈으로 먹이를 찾는다.

하늘의 뿌리는
빛이 존재할 수 없는 가장 어두운 곳
낮의 뿌리는
뜨거운 해가 되어 시간을 만들고
밤의 뿌리는
별과 달이 되어 영혼의 쉼터를 만들고
하늘과 땅을 이어주는 기둥을 살찌게 한다

서풍이 부네

하늘을 이불 삼아
살아있는 오늘을 숨 쉬고
별을 노래하다 지쳐버린
날개를 내려놓은 날

푹신한 박스 광고에는
식은 라면이 젓가락에 걸쳐있고
흰 마스크로 얼굴을 덮은 주인은
소주병을 던져 버린다

고장 난 청소기가
나이키 운동화를 지키고
우산지붕위로 오월 서풍이 맴돌아
검은 누더기 종이 이불을 들썩들썩

배꼽시계의 태엽을 돌리듯
하얀 휴지조각이
빙빙
바닥을 쓸고 있다.

장미

붉은 유혹에 비틀거린
달을 쫓던 그림자
은은한 향기에
옷을 벗은 여름밤

숨겨진 가시에 찔려도
선홍빛 흘러내린 아픔을
침묵의 고통으로 찾아온 오월

꽃바람의 바람 끝에
치맛자락 여미어 봉긋 솟아오른
하늘을 감싸는 뭉게구름

꿈도 사랑도 모두 어둠에 갇혀
가시덤불에 몸부림치던
색 바랜 꽃들의 외침은
아픔의 환희로 더 뜨겁게 피어나라.

해름참

소쩍새 짝을 찾는 소리에
서산에 지는 해는
눈시울을 적시고

어둠이 시작되는 하늘가
허공을 맴돌던 바람 따라
밤꽃 향기에 얼굴을 붉힌다

뜨거움에 지친 바위는
옹달샘에 발을 담근 채
산허리 하나둘 질끈 동여매

둥지를 잃어버린
산새들을 등에 업고
토닥토닥 잠을 재운다.

그날이 오면

육이오 전쟁이 끝나고
삼 년 후
세상에 눈을 뜬
일천구백오십육년

그 후 환갑이 지나
잘 먹고 잘 놀고 잘 자고
시간을 죽인 사나이

백년을 맞이하는 이천오십육년
백두산에 올라 생일 축하하는
그날이 올까?

물수제비 놀이에 지친 오늘
육십 살을 잃어버린 강가에서
세 살짜리 어른이 젖 달라고 보채는
그날이 오면

남과 북 하나 되어
좌우 색깔 우기는 싸움은 하지 않겠지?

소유할 수 없는 사랑

유월의 끝을 타고
오르내리는 빗줄기에
숲속의 새들은 날개를 접고
빗방울이 톡톡 나무 위를 걸어
빈 가슴에 안기는 여름비

갈증에 시달린 나무들의 기다림에
단비가 내리고
구름이 지나가는 자리에
기러기 떼 줄을 지어 따라 간다

창가에 흐르던 외로운 빗줄기
잠시 쉬어가고
먼 산의 안개비 아른거리는
비 갠 오후 구름 뒤에
조용히 스치는 그리운 얼굴

산 너울에 엎드려
키 재기하던 나무들 비를 마시며
새들이 오기를 기다리다
하늘가에 내려앉은 무지개를 좇는다.

3부
젊은 느티나무의 이상

봄여름 가을 그리고 겨울
백 년을 한자리에서
슬픔과 기쁨, 미움과 사랑을
노여움 대신에 칭찬과 격려로
믿음과 용기를 키운 젊은 느티나무

사람은

사람은
사랑이고 삶이다
사랑은 삶의 힘이고 꽃이다

사람은
삶을 만드는 지혜의 동물이다
삶은 사랑의 안식처가 되고
삶의 뿌리는 사랑의 꽃과 열매를 주고

사람은
삶의 고독을 즐겨야 하고
삶은 사랑의 아픔도 그리움도 함께
삶으로 사랑의 안식처에 꽃을 피우고

사람은
사랑을 먹고 자라나서
사랑을 공유하는 결혼을 하고
사랑을 모두 나누어 주고 흙으로 간다

달맞이꽃 사랑

사랑의 향연 뜨겁던 날은
시들어가는 기억의 시간으로
달빛 보고 피어나는 침묵의 꽃이 되어
하얀 달빛 사이로
바람 한 줌 몸에 두르고
그리운 사랑의 아픔을
가슴에 품는 하얀 밤

고요를 흔드는 풀벌레 소리는
님을 향한 온 마음 다해 외치던 사랑
정신 줄 놓아버린 밤을 지새운 그날처럼
달빛 따라 흐르는 구름에 실려
님의 얼굴 그려본다

먼 곳에 있어도 그리움은 가슴에
차곡차곡 쌓이는데 오신다는 기약은 없고
달맞이꽃 시들기 전에
이슬에 흠뻑 젖은 꽃잎을 바람에 맡기니
창문 열고 잠이 든 말 없는 달맞이꽃

그립다 보고프다 노래를 하고
사랑한다고 허공을 흔들어도
마음에 담아놓은 꿀단지 같은 사랑은
말 없는 달맞이꽃처럼
달빛 아래 이슬을 마시며 사무치는
사랑의 노래 울려 퍼지는 날.

가을 민들레

아직 봄날의 기쁨에 취해
내 몸이 부서져
허공에 떠도는 것조차
꿈인 줄 알았네

바람보다 더 가볍게
하늘 끝에 매달려
불타는 태양을 닮은 얼굴로
나비의 날개를 유혹하던 뜨거움도
망각의 시간 속에 묻어둔 채

부서진 봄날의 시간을 찾다 지쳐
텅 빈 방황의 그림자를 붙들고
지구의 모퉁이 계절을 상실한 담장아래
손을 내민 구걸로 상처 난 마음 달래며
시들지 않는 꿈은 죽음을 포기하고

얼어 죽는 시간이 오기 전에
바람에게 허세의 옷을 벗어주고
눈을 흘기고 침을 뱉어도
내 영혼 뜨겁게 뜨겁게 달구어
빈 가슴에 태양의 얼굴로 웃으리라.

가을 새

달빛에 그려진
화사한 밤 그림자
별을 쫓는 새 한 마리
힘든 날개를 접고
그리움에 눈물
안개 되어 밤하늘을 떠돈다

풀벌레 함께
밤새 노래하다 지친
밤이슬에 취한 가을
아침 햇살에 갈증을 채운다

풍차를 향해 돌진하던
어떤 용감한 기사처럼
가을 하늘에 떠있는
푸른 바다에 파도를 부수러
접어둔 날개를 퍼득인다

이슬에 흠뻑 젖은 날개 위에
바람이 지나가고
달과 별이 내려와 춤을 추며
파도에 부서진 꿈을 위로 한다

구암문학회 등단

거북 등에 새겨진 조각에
생각이 모여서
국화향기 화석이 되어
천년 세월 그대로
맑은 영혼 살아 있으라 하네

거센 바람 앞에서도
꺼질 줄 모르는 불꽃처럼
가슴속에 타오르는
글을 쓰겠다는 뜨거운 마음 하나

백 년도 살기 힘든 육신이지만
보석처럼 빛나는 고독의 씨앗으로
곱게 남겨진 글 속에 나에 영혼이
살아 있다는 흔적을 남기며

죽어도 살아있을 나의 이름이여
구암을 만난 행운으로
이무기가 작은 용이 되는
시인의 길을 열어 주더라.

소식

숲으로 가는 길에
바람이 앞서겠다고
나무에 올라
휴식을 취하는
갈참나무를 깨우네

졸졸 흐르는
물소리 들으며
하늘에 떠가는
구름에 발맞춰
솔솔 노래 부르며 산을 오른다

영원한 침묵을 지키는
바위를 밟고
계곡을 달려가는
바람을 따라가면
한여름 땀을 흘리며
키 재기 하던 숲속의 나무들

찬바람에 오색이불
숲을 덮으려고
가을 치장을 하느라
가쁘게 일렁일렁
햇살 듬뿍 안았다.

시월의 마지막 향연

빛을 모으는 이파리에
눈먼 새들이 모여
깃털보다 더 가벼운 마음으로
지줄대는 하늘노래

나비의 꿈을 찾아 떠도는 단풍잎
옷을 벗어버린 나무들
가을 달밤에 흔들흔들
낙엽이 뒹구는 곳마다
시샘하는 바람이 눈물을 흘리는구나

가슴 깊이 새겨진 연인의 향기
낙엽의 몸부림치는 노래 함께
원색으로 중독된 눈동자
눈물에 젖어 외로움을 마시네

하늘과 땅의 경계선을 지워버린
가을에 향연
꽃보다 더 고운 연인의 미소처럼
가슴을 뜨겁게 내밀던 단풍이
소리 없이 옷깃을 여민다.

가을 남자

화려한 가을이
겨울바람에 쫓겨
이리저리 길을 잃고
한 해의 끝을 향해 달리고 있다

세월의 흐름을 막지 못하고
나이를 추월하는 가을 남자가 되어
꿈속에서 부르던 노래는
누구를 위한 몸부림이련가

찬바람을 이겨내려고
비우고 또 비우는
나무의 지혜를 모르고
나이만 채우고 말았으니
세상사 모든 것이 다 내 탓인 것을

바쁘게 지나간 봄 그리고 여름
가을 햇살 품은 낙엽 아래
꿈도 사랑도
한 줌 재가 되어 하늘을 맴돈다.

하야로비

바람 따라
비쳐드는 무지개

부서진 가을 산에
몸을 숨기는 붉은 노을

달빛은 수줍어
얼굴을 감추고

비상을 꿈꾸던
하야로비 잠에서 깨어나
날개를 다듬네

바람보다 더 가볍게
하늘을 날아올라

산 그림자 위에
구름처럼 두둥실 떠가네.

바람과 새들이 노래하는 곳에 가을이 온다

낙엽의 노래로
하늘 가득 채우는 가을
숲속의 새들도 날개를 접고
풀벌레 소리에 멈칫하는 밤

오색 물빛 사이로
내려앉은 아침이슬 맞으며
계곡물에 몸을 담근 나무는
낙엽을 보낸 슬픔을 흘린다

미련마저 떠나보낸 나무는
바람과 새들의 둥지가 되어
욕심 없는 마음을 새기며
언 땅에서 뿌리를 키운다

천년의 세월
하늘과 땅을 보듬는 사랑으로
바람의 노래를 들으며
둥지마다 오색등 밝혀놓는다.

느티나무는 알고 있을까

바람 잔 가지에 매달아둔 별들이
힘없이 쏟아져 내리던 가을밤
시월의 마지막 만찬 후
비상벨이 멈춘 그 자리에
무궁화 꽃이 피었다

날아가던 새도 떨어뜨리고
현해탄 바다에 수장도 시킬 수 있는
무서운 궁정동에 모인 사람들

북악산 안개를 몸에 두른 채
숙명과 희생 그리고 역적과 배신의 총소리를
느티나무는 듣고 있었겠지

십이육, 십이십이 사태
그리고 1980년 서울의 봄
민주화의 강물 도도히 흘러서
오일팔의 도화선이던 궁정동의 함성을

숨을 수 없는 운명 로드 킬

별이 잠든 도로 한복판에
영혼까지 말라붙은 고라니가
검은 아스팔트를 막고 있다

일어나라는 새끼들의 외침
나무뿌리마저 얼어붙은 칼바람 따라
어둠보다 더 무서운 굶주림

보리 싹이 잠든 밭을 향해
하얀 눈 덮인 산을 굴러 내려오다가
지난가을 묻어둔 감자 옥수수이삭
몇 개라도 꺼내보려고
바람보다 더 빠르게 달려왔겠지

꽃들의 웃음을 만나기도 전에
산 넘고 강을 건너 달음박질 하던 길
달려오는 불빛과 맞부딪혀
허기진 뱃가죽이 허공을 날았네

붉은 피 튀어 오른 눈밭에
고라니를 위한 달무리 춤
별들은 눈물을 삼키며
진혼곡을 부른다.

젊은 느티나무의 이상

깊게 내린 뿌리만큼 하늘을 품고
바람 따라 저 멀리 단풍을 보낸다.

제 몸을 다 내어주고
앙상한 뼈를 찬바람에 드러낸 채
봄을 기다리는 고목

봄여름 가을 그리고 겨울
백 년을 한자리에서
슬픔과 기쁨, 미움과 사랑을
노여움 대신에 칭찬과 격려로
믿음과 용기를 키운다

바람과 새들에겐 춤추는 무대가 되고
나그네에겐 땀을 식히는 그늘이 되어
바람의 노래 들으며 단잠에 들었다.

낙안 민속촌

과거가 성큼 걸어와 눈앞에 있었다
코 묻은 돌담이 길을 안내하며
호박넝쿨 따라 바쁜 걸음으로
마실가는 날

물레방앗간
떡방아 찍는 소리 쿵더쿵
우물가에 아낙들
웃음꽃 활짝 핀 동네 한 바퀴
물동이에 눈물을 감춘 시집살이
새색시 종종걸음에 꽃잎이 떨어진다

사립문을 열고
담박질로 집을 나온 개구쟁이
굴렁쇠 몰며 달려가는 뒤따라
누렁이는 덩달아 신이 나고
놀란 병아리들은 쪼르르
어미 품으로 머리를 숨긴다

무겁게 지붕을 들고 있는
과거가 살아난 초가마을
붉은 고추가 마당 한가운데 모여
뜨거움을 위로하며
가을을 불러온다.

O.헨리의 마지막 잎새를 읽고

벽을 타고 오르던 담쟁이넝쿨에도
어김없이 가을이 찾아왔다

붉게 물든 단풍잎이 오늘 밤이면
남김없이 떨어지는 날
주인공 아가씨 존시는
삶의 희망도 함께 사그라드는
빛바랜 절망의 시간을 안고
어둠 속에 잠이 든다

노화가(老畵家) 베어민은
밤새 담벼락에 매달려
마지막이 아닌 희망으로
벽을 붙들고 있는 잎새를 그린다
가을바람에도 떨어지지 않는
마지막 남은 잎새를

슬픈 잠에서 깨어난 존시의 창밖엔
가을이 저무는 오늘도 내일도
바람에 흔들림 없이 미소 짓는 잎새
생명의 불꽃을 밝혀준
희망의 잎새를 마주한다.

가을비

새벽 창가에 서성이던
빗방울 소리에
어슴푸레 밝아오는
낮과 밤의 경계선

낙엽 쌓인 길을 따라
추적추적 비가 내리면
바람 부는 소리까지
서글퍼지는데
젖은 낙엽 위에
또 한 겹 낙엽이 몸을 얹어
겨울을 준비하고
숨고르기 하는 가을비

땅속 깊숙이 보낸 씨앗
심장의 박동처럼 토닥이고
사그락 사그락
마른 땅을 덮는다.

성묘

붉은 명정 몸에 두르고
꽃상여 타고 가신 그날이
어제만 같은데
육신은 한줌 흙이 되고
말 없는 영혼이 묘를 지킨다

조상님들의 영원한 쉼터
명당자리 소문이 자자하여
탯자리를 지켜 오신
아버지의 아버지
할아버지의 할아버지
자손들의 마음에
영원히 함께 하시네

추석 명절 손잡고
성묘 가던 손자가 아버지가 되고
사랑으로 키운 큰아들은
할아버지가 되었지만
불효한 아들은 묘 앞에서
고개를 숙입니다

황혼의 그림자를 보고서야
조상님의 뿌리를
가슴에 품어 봅니다

알밤 토실토실 익어가는 가을
누워계신 쉼터에 청주 한 잔 올리오니
하늘나라에서 만수무강 하소서

바람의 눈

낙엽 밟는 소리만 들어도
쓸쓸한 마음에 귀가 열리고

가지 끝에 흔들리는 잎새에
바람의 눈으로 하늘을 바라보며

바람 끝에 끌려간 낙엽처럼
흔적 없이 사라진 추억의 빈자리

얼룩진 그리움에 눈물 적시는
가을날의 마른 잎 하나.

차마

바람의 흔적을
남기려는 몸부림에
앙상한 나뭇가지만
소리 없이 흔들 흔들

길 위에 쓰러진
낙엽의 일그러진 얼굴은
옷 벗은 나무를
떠나지 못하고

마지막 남은 잎새를 향하여
눈물을 감추기 위해
푸른 날의 추억을
잊으려는 이별의 시간

예고했던 이별이라지만
바람 몰래
잎새가 우는소리에
가슴이 아프다

술잔 속에 빠진 시

술잔 속에
시가 둥둥 떠다니는데
건져낼 수 없어서
그냥 후루룩 마셨다

깊어가는 가을밤
색을 만드는 바람 소리
창문을 흔들어
침만 꼴깍 삼키고

온몸의 핏줄을 타고
유령처럼 기어가는
술 취한 그림자가
가을의 마지막 골목을
휘청휘청 가득 채운다

술에 취하고 가을에 취하고
시월의 노래로 외로움을 달래느라
무지개를 덮고 잠자는 가을날.

마음으로 지은 시

가을엔
눈으로 노래를 하고
마음으로 시를 짓는다

곱게 단장한 낙엽으로
흥겨운 노래를 부르고
바람에 흔들리는 풀잎으로
포근한 마음의 자리를 만든다

가을 밤하늘에
쏟아지는 별빛 따라
마른 잎에 실려 오는 처연한 노래는
꿈속의 사랑을 위로하고

봉긋 솟아오른 봄꽃의 유혹보다
더 진한 원색으로
가을날의 시간에 묻힌
사치스런 추억의 몸부림.

가을밤

달빛 아래
노래하는 풀벌레
어둠을 피하려다
숲속에 갇혀
밤안개 밀려오는
좁다란 길목에서
가을 단풍잎에
그림을 그린다

별이 흐르고
가을 안개 이불 삼아
잠이 든 귀뚜라미
낡은 풍금 소리에 놀라
달 아래 감춰진
숲속의 보금자리를 떠나
잠 못 이룬 시간은
슬픈 별들과 눈물에 젖는다.

맑은 영혼

가을 단풍이 흔들리면
마음 깊은 곳에 남아있는
빛바랜 추억이 살아 숨 쉰다

물장구치던 그 시절
책갈피에 접어둔 가을이
바스락 소리 눈을 뜨고
흑백사진 속에서 윙크한다

낙엽 따라 묻혀버린 세월이런가
꿈은 벼랑 끝에 매달려
희망의 기울기는 아래로 끌려서
술 취한 시간으로 위로를 찾는다

하늘 높은 그곳 가을 따라
별이 하나 둘 떠나고
석고처럼 말라가는 영혼은
흰 머리카락에 나이를 숨긴다

나는 나는
이슬처럼 영롱한
맑은 영혼이고 싶어라

맛있는 가을

손바닥 닮은 감잎 아래 작은 감이
볼그레 얼굴을 내밀 때
가시 옷 벗어 던진
토실토실 알밤이
다람쥐 앞에 뒹굴고

가을 햇살에 지쳐버린
나락이 누워있는 곳엔
허수아비도 잠이 들어
수다를 떨던 참새들이 쪼르르

가을 햇살에 익은 아삭한 사과를
훔쳐 먹던 까치가
덫에 걸려 푸득여도
타닥타닥 전어 굽는 소리에
허리띠를 푸는 가을.

落葉(낙엽)

박재가 되어버린 육신은
잘려버린 날개를 붙들고
하늘을 향해 달려가는
바보 같은 행진이란 말이요

어느 먼 곳에서 달려오는
백마의 거친 숨소리를
들어야 하는데
터벅터벅 노을 따라 걷는
무거운 긴 그림자

말라버린 입술 파르르
사랑이 없는 희미한 미소
갈등에 찌들어버린 마음속에
천둥번개 껴안은 먹구름 가득

뇌가 있어도 생각하지 못하고
눈이 있어도 보지 못하고
입이 있어도 말하지 못하고
귀가 있어도 듣지를 못하니

칼날 같은 언어들이 일어나
추락하는 새들의 날개 위에 올라
구름에서 새어 나오는 빛을 향해
무딘 칼날을 휘두른다.

귀뚜리가 떠난 밤

지워졌던 추억이 꿈속에
너무도 뚜렷하게 살아 움직여
텅 빈 머릿속을 바쁘게 하고
다시 추스를 시간도 없이 뒤척뒤척

어릴 적 뛰놀던
코 묻은 돌담길이 있었고
죽어있던 바람 뒤에 나타난
수몰된 고향마을을 달리며
옛사람들의 흔적이
흑백사진첩을 넘긴다

덧없이 흘러간 시간은 꿈속에 모여
다시 못 올 청춘을
하나둘 환상으로 그려보는 밤
나이만 무겁게 가슴을 누르고
불효한 마음 무릎을 꿇었어도

쌓이고 쌓인 헛된 망상에
눌려버린 삶은

아쉬움에 젖은 꿈이 되어
방황의 끈에 묶여버린 인생

가을밤을 이끌던
벽 속에 갇힌 귀뚤이가
달밤에 멀리 탈출을 하며
뚫린 창문으로 문풍지가 흔들린다.
이 땅에서 영원히 살아 있을
아름다운 임들이시여!

함께 하는 행복

시처럼 꽃처럼 인생을 그리며
마음과 마음 함께 공감을 만들고
아픔은 아픔을 만나 위로를 받고
기쁨은 기쁨을 만나 환호를 하고
행복은 행복을 찾아 꽃길을 걷고

사랑과 사랑으로 서로를 이해하고
감사와 감사로 겸손하게 생활하고
칭찬과 칭찬을 아낌없이 나눠주고
인격과 인격으로 서로를 인정하고

건강과 건강으로 나이를 젊게 하고
긍정은 긍정을 낳아 부정이 없고
등대와 등대 함께 어둠을 밝히고
꽃과 꽃이 함께 피어 향기를 내고

돈도 명예도 권력도 중요하지만
건강한 몸과 마음이 우선으로
서로를 이해하고 존중하고 배려하는
정이 함께하는 온정이 넘치는 삶.

4부 시인이라는 이름으로 남으리라

시인의 자격을 갖추려면
천권의 책을 읽어야 하고
지식과 지혜로 무장하여
남다른 생각과 꿈을 이끌어
글로 남길 수 있어야 한다

이명(耳鳴)

칠 년의 침묵을 지키던
어둠 속의 외침처럼
환영받을 수 없는
긴 여행길에
터벅터벅 걷는
신발 끌고 가는 소리

벽 속에 갇힌 애끓는 함성으로
낮과 밤을 오가며
온기 없는 다락의
불빛을 향해 천장을 두드린다

별이 되어 멀어져 간 청춘이여
풀벌레 노래 흥겹던
풍성한 시간은 어디로 갔을까

달이 되어 슬퍼진
향기 없는 사랑이여
바람 되어 새가 되어
가슴 속에 자리 잡은
반가운 소리 듣고 싶어라

미완성의 여정으로 꽃이 되어
나의 마음에 피어오르니
그대가 남겨놓은 인생의 여백에
불멸의 꽃을 피우겠습니다.

어머니

달님 같은 어머니 얼굴
웃으며 다가오시네

그간 잘 지내셨냐는
인사를 드리기도 전에
내 안부부터 물으신다

우메 큰 아들이냐?
밥은 묵었냐?
나는 회관에서
저녁 먹고 왔시야?

꽃다운 청춘
육 남매에게 모두 내주시고
꽃길 대신 명아주 지팡이에 의지하며
무거운 발걸음 내딛으신 어머니

아버지 사진 앞에서
시간을 더듬으며
눈시울을 적시던 날
그분의 목소리가 선명하였지
"느그 엄니 고생 많이 했다
잘해줘라"

고드름

모락모락 피어나는
군고구마 내음에
허기진 뱃고래가
요동치던 어느 해 겨울

지시랑 물 주렁주렁
과자같이 열리면
우두둑 입 안에서
달콤하게 녹아내리고

연싸움에 지친 똘마니들
토끼털 귀마개로
바람을 막으며
올망졸망 양지쪽 자리 다툼하니

처마 끝에 매달린 긴 칼을
마치 겨드랑에서 꺼낸 듯
움켜쥔 조막손 칼자루에서
동기의 땀방울이 흘러내린다.

*지시랑 : ‘기스락’의 전라도 방언
기슭의 가장자리. 초가의 처마 끝

마중물

하늘을 향한 실낱같은 외침
비가 쏟아지기만을 기다리던
작두시암에 목이 타는 듯 갈증이 난다

맥없이 내려진 어깨
헛기침만 콜록콜록
가랑거리는 가래 소리에 숨이 가쁘다

땅 속 깊이 갇혀진 샘물이
앞 다투어 세상 밖으로 나오려는데
붉은 물이 먼저 나선다

한 방울의 이슬이라도
맑은 희망을 담으려고
꿈 한 바가지
사랑 두 바가지
감사의 물 세 바가지 부으며
힘차게 퍼 올린다.

아재

나 때는 말이여
호랑이 담배 피우던 시절은 가고
엠원 소총은 붉은 연기를 가늘게 남긴
독적굴 숲속에 식지 않은 탄피들이
몸부림치다 못해 바위에 눌려
숨을 할딱거리고 있었어

코 묻은 손으로 탄피를 구해주던 그 시절
가슴을 쫓던 총알도
길이 아닌 곳을 달리던 부서진 탱크 바퀴도
불발된 수류탄도 엿을 만나면 춤을 췄고
왜구들은 공장 굴뚝에
연기를 뿜으며 부자가 되었다

엿장수의 요란한 가위질 소리에
뜨거운 탄피는 개화 주머니에 짤랑대었고
찢어진 고무신 거꾸로 신고 달리던 골목
예순다섯 해가 지나가도
돌담길엔 그날이 지워지지 않고
시간이 엿가락처럼 길게 이어졌다

나 때는 말이여
각개전투로 총알과 맞짱을 뜨며 광야를 달렸지만
2020년은 책상 앞에 앉아서
드론을 띄워 하얀 마우스로
오락처럼 하는 전쟁이 펼쳐진다 야!

*엠원 : M1소총 논산 훈련소에서 땅에 개머리판을 끌고 다녔다.
*독적굴 : 나주호 부근에 있는 골짜기 이름 인민군들이 수십 명을 한꺼번에 몰살 시켰다는 석굴.
*개화주머니: 호주머니-개화기와 함께 옷에 주머니가 달리게 되었다고 한다.

손 편지

낮달이 졸고 있던 하늘가에
먼 데서 달려온 따사로운 빛줄기
강나루 손짓에 미소 짓는 은빛 물결
님 마중 따라오던 바람 뒤에
노란 손수건 춤추는 날

낯익은 바람 소리
침묵으로 하루를 재본다
아쉬운 그림자 서산에 기웃기웃
뜨거운 노을을 기다리던 산 너울
치마폭을 여미고

빛바랜 하늘엔 구름 두둥실
낮과 밤의 경계를 지우며
산 그림자 불태우는 소리에
어둠이 가라앉아 가슴을 더듬는데

허리춤에 숨겨둔 따스한 손 편지
그리움 한 움큼 담아
긴긴밤 준비하는 설렘은
창문 틈으로 바람을 불러온다.

엄니의 손끝

동지섣달 긴긴밤
바느질하시는
엄니의 손끝에 부는 콧김
무거운 눈꺼풀 아래
호롱불도 깜박깜박

문풍지에 구멍 뚫은 찬바람
창살에 걸려
도란도란 이야기를 엿듣는 초저녁
호랑이 보다 더 무서운 곶감에 쫓겨
어둠 속에 몸을 숨긴다

봉초 가득 담긴
곰방대 연기 따라
몸을 숨긴 달빛 그림자

배고픈 쌀독에 들어와
말가웃*도 안 되는 식량으로
겨우내 아홉 식구 배를 채우는
요술쟁이 엄니의
주름진 손을 꼬옥 붙잡는다.

*말가웃 : 한 말 반쯤의 분량

사랑의 나무

우두커니 서있는 나무에
바람이 서성이고 있습니다.

내가 걷는 이 길이
비록 잘못 선택된 것이라도
결코 후회하지 않는 아량으로
한 해를 마무리합니다.

꽃이 피어도 향기를 맡지 못하고
꽃잎이 흔들려도 바람을 보지 못하고
둥지를 숨겨준 무성한 이파리의
수다를 듣지 못하고
바람에 몸을 맡긴
겨울나무를 바라보고 있습니다.

나이가 주렁주렁 열린 세월의 나무에서
소리 없이 흔들리는 시간에
바람이 손을 들고 달려옵니다.

사랑의 나무에 웃음꽃이 활짝 피어나
바람에 춤추며 기쁨과 행복의 향기가
하늘을 덮는 새해를 맞이합니다.

새날에는

하늘과 구름이 쉬어가는 호수
가슴에 품으니
강에는 사랑과 희망이 흐르고
바다엔 하나 된 평화가 흐르고

시냇물 노래 가득 담아
마르지 않는 강물에 옮겨 넣으니
태극기 휘날리며 바다로 바다로 간다

만선의 희망에 부푼 새로운 시작!
수면 아래 바쁘게 움직이는
백조의 다리처럼 추락할 수 없는
하늘을 향한 비상의 꿈

구름 두둥실 햇살 마주 보며
나무 아래 바람의 노래 울리는 날
넘실대는 호수 위에
시간이 멈춘 새날!

촛불 잔치

한강이 거꾸로 흐르고
태극기의 깃봉이
하늘을 찌르던 날

철갑을 두른 남산 소나무
부르르 떨고
겨울 하늘 먹구름 속에
하얀 눈이 춤을 멈추고
주르르 흘린 눈물
비가 되어 하늘을 덮는다

한강은 두물머리에서
하나가 되어 흐르건만
어찌하여 촛불의 물결은
여의도와 광화문 물결은
어찌하여 갈라져 있는가

동강난 허리를 고칠 수 있는
대 한 민 국의
주인은 누구란 말인가?

자연보호

눈에 보이지 않는
무기 없는 전쟁
공포의 언어들이
찬바람에 섞여 광란의 춤을 춘다

단백질과 핵산으로 배를 채운
변신의 명수
사스
신종 플루
메르스
신종 코로나 우한 폐렴

어둠의 깃발을 펄럭이는
바이러스 군단 앞세워
강산이 변하기도 전에
세상을 뒤집는 공포의 무기를 앞세워
무한질주로 지구를 흔들고 있다

콜록콜록 개짐머리는 예고의 신호
찬란한 죽음으로 돌아간다 해도
가는 길에 꽃은 꺾지 마라

순수시인

시가 된 인생
고통과 시련이 없다면
그것은 시인이 아님을

상처가 없는 인생은
시가 될 수 없어요
사랑의 아픔도 없이
사랑의 시를 쓸 수 없듯이
순수를 가장 하지 마세요

비 오는 날엔 그냥 비에 젖고
바람 부는 날엔 바람에 젖어
뿌연 먼지에 목이 아프면
헛기침 몇 번 하면 되요

봄여름 가을 겨울의 색조차
볼 수 없는 아름다움을
상실했다면 당신은 말이요
시인이 될 수 없단 말이요

호랑나비

마음을 잡지 못하고 비틀거리는 체면
나를 버리고 누구를 잡으려 했던가
누구를 위해 무엇을 위해
집착 아닌 집착에 매달려 왔던가

돈을 쫓으며 나비를 잡으려 했다
술을 찾아 꽃을 품으려 했다
덧없이 흐르는 나이를
멀리서만 쳐다보는 바보였다

진흙탕에서 허우적거리며
연꽃이 피어오르는 것도 보지 못하고
피고 지는 시간 주름진 세월이 되어서야
연꽃의 의연한 향기에 취하는구나

담배 연기 유혹에 춤추듯
가볍게 보내버린 젊음이 보인다
술 한 잔에 인생을 담아
철없이 흘러간 청춘이
향기 잃은 꽃 앞에 서성이는구나

지구 온난화

바스락거리는
대기의 몸부림에
빗방울이 놀라
땅 위로 곤두박질친다.

검은 구름 사이로
숨어버린 달빛은
겨울밤의 고독을 안고
빈 가슴을 더듬는다

삼한사미의 겨울 날씨
낮과 밤의 경계를 지워가는
온난화 현상은 이대로 지속되는가

두려움에 눈물 떨구는 빗방울
어둠과 어둠을 가르며
사락사락 칼날을 간다

*삼한사미 : 미세먼지가 많은 겨울 날씨

불면

현실보다 더 선명하게 펼쳐진 꿈나라
잠겨있던 생각이 꿈속에서
성큼성큼 기어 나와
악령들과 함께하는 타임

나잇값을 치루지 못한 빈대떡 신사로
허망한 몽정에 시달리는 날들
꿈이 아닌 현실처럼
얼굴 없는 이들과 사투를 벌인다

주름진 시간의 껍질들이
창문을 기웃거리며 키득키득
음흉한 미소로 가슴을 파고들어와
흙탕물에 허우적대는 영혼과 분리된
육체의 손을 잡아당기는 괴성

시궁창 냄새로 잠 못 이루던
뇌 속의 날 파리들이 윙윙대며 투정을 하고
배설에 지쳐있는 몸뚱이는
뜨거운 풍선을 안고 뒤척거리다가
탱자나무 울타리아래 숨어서
멍한 시간의 책을 넘긴다.

시인이라는 이름으로 불리기엔 아직 부끄럽소

시가 돈이 되는 것이여 뭐여?
평생 도움이 안 되는 소리만 골라서 하는
녀석이 이기죽거린다.

시인이라는 이름으로 불리기엔 아직 부끄럽지만
시를 어찌 돈으로만 환산할 수 있단 말인가?
별 걱정을 다 한다는 듯 밀어붙였다.

노승이 흔하지 않음은
홀로 도를 갈고 닦느라 힘들어서일 것이고
노시인이 많지 않음은
고독과 함께 뒹굴다 지쳐서
일찌감치 눈을 감았기 때문일 것이다

새파란 나이에 요절한 천재 시인들은
지식을 쌓기도 전에 고독과 애인이 되어
현세에서 수많은 고뇌를 거듭하다가
영원한 세계로 날아가 총총한 별들과 함께
꿈의 시를 읊고 있을 것이다

시인의 자격을 갖추려면
천권의 책을 읽어야 하고
지식과 지혜로 무장하여
남다른 생각과 꿈을 이끌어
글로 남길 수 있어야 한다

아무리 많은 책을 읽어도 앎이 부족하고
인생의 답을 찾기 위한
푸념과 넋두리로 고독과 친구하며
술 한 잔에 적당히 위로를 받는다면
시인이 쓴 것은 시가 아닐 것이다.

개짐머리

해름참 굴뚝에서 내려오는 냉갈이
찬바람 무서워 마당으로 몰려오는데
부삭에서는 바스락 거리며
혀를 내미는 뜨거움으로
불길을 고래로 밀어 넣는
부시땅을 휘젓는다

옆집 아짐은 연신 재채기를 하며
불을 손끝으로 잡아당겨
얼굴에 비벼댄다
엄니는 매운 연기를
한 사발씩 마시더니
눈물로 궁시렁궁시렁

달구새끼가 맨발로 다닝께
오뉴월인 줄 아냐
개짐머리가 와서
콧물 훌쩍인 것 봉께
어지께 밤에 깨벗구 뭔 짓 했지 야.

*전라도 방언
개짐머리 : 감기 // 해름참 : 해질녘 // 냉갈 : 연기
부삭 : 부엌 // 고래 : 아궁이 // 부시땅 : 부지깽이
달구새끼 : 닭

사랑의 거리

담양 메타스퀘어 가로수에
사랑의 햇살이 함께 춤을 춘다

바보 시인

만권의 시집을 머릿속에 캡슐로 집어넣고
세상에서 제일 멋진 단어를 골라
시를 지으려는 인간이 백주대로에 서있다

비틀거리는 군중 속에
철벅 철벅 걸으며 시를 노래하는
혀 꼬부라지는 바보 시인의 외침

앎에 허기를 채우려는 인간들보다
돈을 쫓아다니는 저 많은 사람들 틈에
흔들림 없이 시를 만들어 가는 너는
바보 김수환 추기경님보다
더 똑똑한 바보 시인

시인은 술도 알고 바람도 알고 있는데
너는 질투와 사랑 삶과 죽음 앞에
기쁨과 슬픔의 눈물도 정도 없는
너는 분명 냉정한 바보

캡슐만 바꾸면 바보 시인에서
의사 변호사 운전사 안내원 선생님
만능 인조인간으로 변화할 수 있는데
사람들의 자리를 훔쳐낸 겁 없는 도둑.

갈매기의 꿈

파도를 뒤집어
새우를 잡는 것보다
더 쉽게 살아갈 수 있는
갈매기의 꿈

생각하기 나름이오

마음의 눈 크게 뜨면
꽃바람이 걸어오는 소리
새소리 물소리 졸졸
책갈피 속에서 흘러넘치는 봄날

하늘과 바다로 흐르고 흘러
버려진 액자에서
하얀 파도가 일렁일렁
빛에 달궈진 바위는
강물에 몸을 담근다

바람 따라 구름 따라
지쳐버린 무지개
산자락에 매달려
가슴 부푼 꿈으로
나무와 나무에 옷을 입히네

숨 가쁜 기쁨으로 헐떡이는 카메라
내 마음을 토닥이는 사진
분신처럼 따라다니던 사계절
나의 마음은 항상 그대와 함께라오

사락사락

숲을 걸어가다 보면
바람이 걸어오는
소리가 들려온다
샤르르 사륵

낙엽 아래 숨죽인 가을이
스륵스륵
연분홍 옷을 들추며
스르륵 스륵

바람과 바람의 만남
낙엽과 낙엽의 만남
나비와 가을의 만남
시와 나의 만남
사락사락

가을이 남기고 간
바람과 낙엽의 혼들이
시인의 노래를 듣는다
사락사락

뱃사공

댕돌처럼 생긴 얼굴
꿈속에서나 만나려나
세월의 주름살 가득
졸졸 흐르는 실 강 따라
노를 젓는 뱃사공

바다를 향해 달리며
파도를 무너뜨리고
태양을 삼킬 듯 뜨겁던
젊은 날의 잉걸불은
가슴속에 불을 피울 뿐
삐거덕삐거덕 소리에
깊은 잠을 준비한다

도마 위의 고기가
칼을 무서워하지 않듯이
막다른 나이 앞에
지그시 눈을 감고
베토벤의 교향곡으로
뱃사공의 운명을 위로한다

풀잎의 노래

바람 끝에
누워있는 풀잎마다
별이 쏟아져 내린 밤

못다 핀 꽃들의
외면당한 함성이
잠들지 못한
영혼들의 친구 되어

해와 달의 경계를 붙들고
벽을 쥐어뜯던
시계의 몸부림을 달래며

어둠을 마시다 취해
비틀비틀 허공을
걸어오는 밤안개

갈증 난 풀잎 위에 별이 되어
아침을 춤추는 새벽이슬

행복한 방랑자

보이는 것을
볼 수 없는 세상이 와도
땅과 하늘 산과 바다는
그 자리에 있겠지

하늘을 우러러 벅찬 가슴을 열어
나를 염려해 주고
사랑하는 사람들에게
책임을 다하는 삶

흙이 되어 자연으로
돌아가는 그날까지
무지개를 쫒는 신기루의 여행이라 해도
풀잎의 노래 들려오는 길 위에 서서

꿈과 희망 가득한 나를 토닥이며
바람의 언덕 너머
행복한 방랑자로 살아가리
별이 빛나는 하늘에 잠든 그날까지.

봄이 오면 좋겠다

봄
볼 것이 많아
봄이라 했는가

작년에도
치맛자락 흔들며
봄은 왔건만
눈으로 듣고
마음으로 봐야 했다

올해도 봄은
조용히 땅속에 엎드려
코로나 마스크 챙기며
개구리 다리를 붙들고 오겠지

봄바람에 흩어지는
아지랑이 따라
꽃내음 상큼한 소식
솟대에 기대어
봄 마중하는 가슴만 두근두근.

젊은 느티나무의 이상

강경배 시집

초판 1쇄 2021년 12월 18일

지 은 이 강경배
디 자 인 이미래
편집기획 임종구
편 집 장 이미래
펴 낸 곳 구암출판사
등록일 2019년 7월 2일 제 573-2019-000025호
주 소 충북 청주시 흥덕구 제 1순환로 512번길 38 2F
연 락 처 043-276-1833
팩스밀리 043-905-4786
홈페이지 www.twlawa.com
E - Mail guahmbooks@naver.com
정 가 10,000원
I S B N 979-11-91421-02-6

이 도서의 국립중앙도서관 출판예정도서목록 (CIP)은
서지정보유통지원시스템 홈페이지(http ://seoji.ni.go.kr)와
국가자료공동목록시스템(http://www.ni.go.kr/kolisnst)에서
이용하실 수 있습니다